La représentation

n'est pas annulée

Pièces de théâtre du même auteur

À cœurs ouverts, Alban et Ève, Amour propre et argent sale, Apéro tragique à Beaucon-les-deux-Châteaux, Après nous le déluge, Attention fragile, Avis de passage, Bed & Breakfast, Bienvenue à bord, Le Bistrot du Hasard, Le Bocal, Brèves de confinement, Brèves de trottoirs, Brèves du temps perdu, Brèves du temps qui passe, Bureaux et dépendances, Café des sports, Cartes sur table, Comme un poisson dans l'air, Le Comptoir, Les Copains d'avant... et leurs copines, Le Coucou, Comme un téléfilm de Noël en pire, Coup de foudre à Casteljarnac, Crash Zone, Crise et châtiment, De toutes les couleurs, Des beaux-parents presque parfaits, Des valises sous les yeux, Dessous de table, Diagnostic réservé, Drôles d'histoires, Du pastaga dans le champagne, Échecs aux Rois, Elle et lui, monologue interactif, Erreur des pompes funèbres en votre faveur, Euro Star, Fake news de comptoir, Flagrant délire, Gay Friendly, L'Étoffe des Merveilles (adaptation) Le Gendre idéal, Happy Dogs, Happy Hour, Héritages à tous les étages, Hors-jeux interdits, Il était un petit navire, Il était une fois dans le web, Juste un instant avant la fin du monde, La Fenêtre d'en face, La Maison de nos rêves, Le Joker, Mélimélodrames, Ménage à trois, Même pas mort, Minute papillon, Miracle au couvent de Sainte Marie-Jeanne, Mortelle Saint-Sylvestre, Morts de rire, Les Naufragés du Costa Mucho, Nos pires amis, Photo de famille, Piège à cons, Le Pire Village de France, Le plus beau village de France, Plagiat, Pour de vrai et pour de rire, Préhistoires grotesques, Préliminaires, Primeurs, Quarantaine, Quatre étoiles, Les Rebelles, Rencontre sur un quai de gare, Réveillon au poste, Revers de décors, Sans fleur ni couronne, Sens interdit – sans interdit, Spécial dédicace, Strip Poker, Sur un plateau, Les Touristes, Trous de mémoire, Tueurs à gags, Un boulevard sans issue, Un bref instant d'éternité, Un cercueil pour deux, Un os dans les dahlias, Un mariage sur deux, Un petit meurtre sans conséquence, Une soirée d'enfer, Vendredi 13, Y a-t-il un auteur dans la salle ? Y a-t-il un pilote dans la salle ?

Essai

Écrire une comédie pour le théâtre

JEAN-PIERRE MARTINEZ

La représentation

n'est pas annulée

La Comédiathèque
comediatheque.net

Distribution

Le directeur
La directrice
L'acteur
L'actrice
Le spectateur
La spectatrice
L'inspecteur
L'inspectrice

À part l'acteur et l'actrice, tous les rôles sont indifféremment masculins ou féminins.

Avant toute représentation publique, professionnelle ou amateur, vous devez obtenir l'autorisation de la SACD :
www.sacd.fr

© La Comédiathèque
ISBN 978-2-37705-616-3

Le plateau est nu, à l'exception du fauteuil de Molière, seul décor de la pièce. Un spectateur et une spectatrice, qui sont en réalité des comédiens, sont en train de s'installer quelque part dans la salle. Pendant l'entrée du public, la directrice, qui fait office de metteuse en scène, est déjà là, en salopette de travail, occupée à régler les lumières avec le régisseur, en régie, qu'on ne verra donc pas et qui restera plus ou moins muet. Juchée sur l'escabeau à l'arrière du plateau, de dos, et regardant au plafond, la directrice ne remarque pas les premiers spectateurs qui pénètrent dans la salle pour aller s'asseoir. Les spectateurs ne la remarquent pas non plus, ou bien la prennent pour une technicienne opérant les derniers réglages.

Directrice *(interpelant le régisseur)* – Pablo ? Oh, Pablo ! Il y a une ampoule qui est grillée, là. Tu aurais pu vérifier, quand même... Je ne peux pas tout faire, moi. Tant pis, on s'en passera, on n'a pas le temps de la changer. De toute façon, je crois qu'on n'en a plus, des ampoules. Eh oui, c'est la crise, mon vieux... Il n'y avait plus un sou dans la caisse pour en racheter. Tu verras... on finira par s'éclairer à la bougie, comme au temps de Molière. *(Elle aperçoit finalement le public)* Ce n'est pas vrai, ils sont déjà là, eux...? Pourquoi on les a laissés entrer ? Ce n'est pas encore l'heure, non ? Bon ben... Maintenant que vous êtes là, on ne va pas vous demander de ressortir. Mais il faut bien qu'on finisse, nous. Alors messieurs-dames, si vous voulez bien nous excuser encore un instant...

Elle continue d'examiner les projecteurs, et change son escabeau de place pour un autre réglage. Elle s'affaire un instant en silence. Quand le public est installé, elle descend de son escabeau, jette un regard sur la scène, et déplace un peu le fauteuil pour le mettre au centre du plateau.

Directrice – Éclaire un peu le fauteuil de Molière, pour voir ? *(Le régisseur éclaire le fauteuil, et elle s'assied dessus)* Ça a l'air d'aller, non ? *(Elle se lève et s'avance sur le devant du plateau)* Vas-y, fais le noir dans la salle, qu'on voit un peu ce que ça donne... *(Le noir se fait dans la salle)* Ouais... *(Elle semble hésiter encore)* Tu peux me mettre un peu plus de lumière à l'avant-scène, côté jardin ? C'est là que le fantôme de Molière fera son monologue à la fin. Tu sais... juste avant de jeter un seau d'eau sur les spectateurs du premier rang... *(Au public du premier rang probablement inquiet)* Non mais rassurez-vous, on est au théâtre. Ce ne sera pas de l'eau qui mouille. On remplacera l'eau par... Je ne sais pas trop, d'ailleurs... *(Au régisseur)* Pablo, par quoi on peut remplacer de l'eau, pour que ça ne mouille pas, tu as une idée, toi ? *(Le régisseur ne répond pas)* En même temps, l'eau ça ne tache pas, au moins. *(Au régisseur)* Bon, Pablo, tu dors ou quoi ? Ça vient, cette douche, à l'avant-scène ? *(Au public)* Ne vous inquiétez pas, ce n'est pas vraiment une douche non plus. C'est comme ça qu'au théâtre on appelle une lumière qui tombe sur le comédien juste à la verticale, au-dessus de sa tête. Malheureusement, c'est souvent le seul moment où les comédiens prennent des douches... Eh oui, c'est un métier, qu'est-ce vous croyez ? On a notre jargon, nous aussi. *(Le régisseur allume sur le devant du plateau côté jardin la douche qui éclaire la directrice)* Attends, je crois qu'elle tombe un peu en biais, cette douche, non ? Éteins, je vais essayer de régler ça. Ah, je vous jure, il faut tout faire soi-même, dans cette maison... Je suis déjà directrice et metteuse en scène. Il faut aussi que je sois électricienne et éclairagiste...

Le régisseur éteint le projecteur tandis que la directrice place l'escabeau à l'avant du plateau et monte dessus. Arrive le directeur du théâtre, dont on peut supposer qu'il est à la fois le partenaire et le conjoint de la directrice. Il est habillé avec une élégance un peu désuète. Il tient à la main la boîte métallique avec serrure contenant la recette de la billetterie.

Directeur – Ah, tu es là ? Je te cherchais partout.

Directrice – Ben oui, je suis là. Où tu veux que je sois ? Je travaille, moi... Le spectacle va commencer, et il n'y a rien qui marche... Ne me dis pas que la représentation est encore annulée ?

Directeur – Non, non, rassure-toi, la représentation n'est pas annulée. Enfin, pour l'instant...

Directrice – J'espère... Parce que ça fait trois fois qu'on annule cette semaine, le public va finir par se lasser... Il n'y a déjà plus grand monde qui vient au théâtre.

Directeur – Eh oui... Qu'est-ce que tu veux...? Avec ces protocoles sanitaires qui changent sans arrêt. Maintenant, il faut passer un check up complet avant d'aller au spectacle.

Directrice – Si on nous avait dit qu'un jour, il y aurait des vigiles à la porte des théâtres, comme à l'entrée des boîtes de nuit... Mais dis-moi, à ce propos... pourquoi les spectateurs sont déjà là ?

Directeur – Oui, tu as remarqué... ils arrivent de plus en plus tôt, non ? Pourtant ils savent bien qu'un spectacle, ça ne commence jamais à l'heure.

Directrice – Vous auriez dû attendre un peu pour les faire entrer. On n'est pas encore prêts, nous...

Directeur – En même temps, avec toutes les annulations qu'on a eu ces derniers temps... autant les faire entrer tout de suite. Au cas où on devrait encore annuler à la dernière minute, au moins ils auront déjà payé.

Directrice – Et on trouvera toujours une bonne raison pour ne pas avoir à les rembourser.

Directeur – Enfin... finissez tranquillement vos petits réglages, et faites comme s'ils n'étaient pas là.

Directrice – C'est ça... *(Au public)* Et vous, faites comme si on n'était pas là non plus.

Directeur *(au public)* – Ne vous inquiétez pas, on vous dira quand ce sera vraiment commencé...

Directrice – Et puis quand ce sera fini... le seau d'eau, ça réveillera ceux qui se seront endormis pendant la représentation.

Directeur – Le seau d'eau ?

Directrice – Je t'expliquerai... C'est une pièce... un peu avant-gardiste, tu verras.

Directeur – Je croyais que c'était une pièce sur Molière.

Directrice – Molière aussi, à l'époque, c'était avant-gardiste !

Directeur – En tout cas, il y a du monde, hein ?

Directrice – Oui... Une belle recette en perspective...

Directeur *(montrant la boîte)* – Elle est là, dans la boîte. *(Au public)* Merci à tous pour votre générosité.

Directrice – Combien ?

Directeur – Je n'ai pas encore compté, mais la boîte est pleine.

Directrice – On va enfin pouvoir payer les comédiens, alors.

Directeur – Oui, enfin, s'il reste encore quelque chose après avoir payé tout le monde.

Directrice – Tout le monde ?

Directeur – Le vigile, la caissière, les techniciens, le régisseur...

Directrice – Ah parce que le régisseur, il est payé ?

Directeur – Lui, c'est un technicien, ce n'est pas un artiste. Il ne fait pas ça pour son plaisir...

Directrice – Dans ce cas moi aussi, j'aimerais bien être payée... En tant que technicienne, alors. Parce que je te rappelle que je suis metteuse en scène. Je ne suis pas supposée monter sur un escabeau.

Directeur – Ne t'inquiète pas, je sens que le vent va tourner. Le public va revenir au théâtre, tu verras.

Directrice – Il serait temps, parce qu'on est au bord du dépôt de bilan, là... On n'a même plus de quoi racheter des ampoules pour les projecteurs...

Directeur – Avec ce qu'il y a dans la caisse, on pourra le faire, rassure-toi. On pourra peut-être même aller jusqu'à payer les comédiens.

Directrice – En attendant, rends-toi utile... Tu peux me passer le tournevis qui est sur le fauteuil ?

Directeur – Bien sûr... Quand on peut donner un coup de main... *(Le directeur pose la boîte sur le fauteuil, prend le tournevis et lui passe)* Mais ça fait beaucoup de projecteurs, non ? Vous avez vraiment besoin de tout ça ? Parce que je ne te raconte pas la note d'électricité...

Directrice – Si tu veux, on peut jouer dans le noir, ça coûtera moins cher... et puis ce sera encore plus avant-gardiste.

Directeur – Bon, si c'est absolument nécessaire...

Directrice – On a déjà réduit le décor au minimum, pour limiter les frais. Ça devait se passer au Château de Versailles, finalement ça se passera dans la loge de Molière. On n'a gardé qu'un fauteuil !

Directeur – Quand les acteurs sont bons, on oublie le décor, non ?

Directrice – Parlons-en, des acteurs. Au départ, la pièce était écrite pour dix-sept comédiens, et on est supposés la jouer à trois... Même moi je dois interpréter trois ou quatre personnages, alors que je ne suis même pas comédienne.

Directeur – Si on veut jouer la pièce au Festival d'Avignon, on ne va quand même pas partir à dix-sept ! Ou alors il nous faudrait un autocar... Il faut être raisonnable aussi...

Directrice – Tu as raison... Je pense qu'en retravaillant encore un peu le texte, je peux en faire un seul en scène.

Directeur – C'est quoi cette pièce, d'ailleurs, je n'ai pas bien compris ?

Directrice – La représentation est annulée.

Directeur – La représentation est annulée, tu es sûre ? Mais enfin pourquoi ?

Directrice – La représentation est annulée, c'est le titre de la pièce.

Directeur – Ah, d'accord... Tu parles d'un titre à la con.

Directrice – C'est vrai que ça peut prêter à confusion. En même temps, c'est bien dans l'air du temps, non ?

Directeur – Enfin, le public est venu quand même, c'est le principal.

Directrice – Oui... Il faut vraiment qu'ils soient motivés...

Directeur – Mais on les sent un peu inquiets, non ?

Directrice – Ils n'ont peut-être pas tort de se méfier.

Directeur – Quand on va voir de son plein gré une pièce dont le titre est « la représentation est annulée », on ne peut pas demander à se faire rembourser si c'est vrai.

Directrice – C'est clair.

Directeur – Et ça parle de quoi, exactement, ce chef d'œuvre ?

Directrice – C'est l'histoire des dernières heures de Molière, juste avant sa mort. La troupe s'apprête à entrer en scène, mais Molière a un malaise. Il hésite pour savoir s'il doit jouer malgré tout. Ou s'ils doivent annuler la représentation.

Directeur – Et alors ?

Directrice – Et alors... ils sont au bord de la faillite, comme nous. Ils doivent jouer coûte que coûte. Pour ne pas avoir à rembourser le public.

Directeur – C'est une pièce sur le théâtre, quoi.

Directrice – C'est ça. Une pièce sur les grandeurs et les servitudes de la vie de saltimbanque.

Directeur – Bon, ce n'est pas tout ça, mais il va falloir y aller maintenant.

Directrice – C'est sûr. Parce qu'une pièce qui s'appelle « la représentation est annulée »... on ne peut pas l'annuler.

Directeur – Eh oui... Qu'est-ce qu'on dirait au public ?

Directrice – Personne ne nous croirait. Ils se diraient, c'est dans la pièce...

Directeur – Allez, je vous dis merde.

Directrice – C'est ça, moi aussi, je t'emmerde.

Directeur – Accroche-toi au tournevis, je retire l'escabeau.

Directrice – Très drôle.

Directeur – Oui, j'aurais dû faire comique, moi aussi...

Le directeur sort en oubliant la caisse sur le fauteuil. La directrice descend de l'escabeau.

Directrice – Pablo ? Remets la douche, pour voir... *(Le régisseur rallume la douche à l'avant-scène)* Bon, ça ira comme ça. Ce n'est pas la Comédie-Française, non plus...

L'acteur et l'actrice de la pièce arrivent sur scène en survêtements. L'acteur a à la main le texte de la pièce intitulée « La représentation est annulée ».

Acteur – Il est où, le patron ? On le cherche...

Directrice – Il vient juste de sortir. Mais qu'est-ce que vous foutez encore dans cette tenue ? Ça se passe au XVIIème siècle. Vous jouez Jean-Baptiste Poquelin et Armande Béjart. Vous n'êtes pas encore en costumes de scène ?

Actrice – On vient déposer un préavis de grève.

Directrice – Une grève ? C'est une blague... On n'a jamais vu un comédien faire grève !

Acteur – Ça fait un mois qu'on n'a pas touché nos cachets. Si c'est une blague, nous ça ne nous fait plus rire du tout.

Directrice – Qu'est-ce que vous voulez... Toutes les représentations ont été annulées ! Annulation, ça veut dire pas de recette, et pas de recette, ça veut dire pas de cachets...

Actrice – Tu vas voir que bientôt, ça va être de notre faute.

Acteur – Et tu sais ce qu'il a eu le culot de nous dire, le directeur ?

Directrice – Quoi ?

Acteur – Quand on fait un métier comme le vôtre, en ce moment, on devrait déjà être contents de pouvoir travailler !

Directrice – Oui, je sais... Pour lui, le théâtre, c'est comme l'amour. Quand on fait ça pour son plaisir, on ne devrait pas être payé.

Actrice – Eh bien nous, cette fois, on veut être payés d'avance, comme les prostituées. Sinon, on ne joue pas.

Directrice – Ne vous inquiétez pas. Aujourd'hui, on a fait une belle recette. Regardez, la salle est pleine.

L'acteur et l'actrice remarquent enfin la présence du public.

Acteur – Non ? Le public est déjà là ?

Actrice – Et si nous on décide de ne pas jouer ?

Directrice – Maintenant qu'ils sont là...

Acteur – C'est pour nous forcer la main, que vous les avez fait entrer en avance, c'est ça ?

Directrice – Vous serez payés, je vous dis.

Actrice – Jouer gratuitement, et puis quoi encore ?

Acteur – Vous nous prenez pour des amateurs ?

Actrice – Si encore c'était pour jouer dans un chef d'œuvre. Une pièce à succès qui relancerait notre carrière. Mais là...

Acteur – D'ailleurs elle est de qui, cette pièce, au juste ?

Directrice – Merde, ça me fait penser que j'ai oublié de mettre le nom de l'auteur sur l'affiche. J'espère qu'il ne s'en rendra pas compte. Ces auteurs, ils sont tellement susceptibles...

Actrice – Ah oui, si vous l'avez invité à la première, ça risque de beaucoup lui plaire quand il va voir que son nom n'est même pas sur l'affiche. Surtout si lui non plus, il n'est pas payé...

Directrice – Et remerde... J'ai oublié de l'inviter aussi... Enfin, de toute façon, sa pièce, je l'ai tellement réécrite. Je ne suis pas sûre qu'on puisse encore dire qu'elle est de lui...

L'acteur jette un coup d'œil au texte de la pièce qu'il a à la main.

Acteur – « La représentation est annulée »... C'est vrai qu'avec toutes les versions successives que tu nous as fait passer, on ne sait plus très bien quelle est la bonne.

Actrice – Oui... C'est tellement raturé... C'est à peine lisible.

Directrice – Rassurez-moi... vous le savez, votre texte, au moins ?

Acteur – Ouais, ouais, ne t'inquiète pas...

Actrice – On connaît l'histoire, en tout cas. En gros...

Directrice – L'histoire ?

Acteur – Tu nous as dit qu'on pouvait improviser, non ?

Directrice – Moi, j'ai dit ça ?

Actrice – Je crois même que le terme de Nouvelle Vague a été prononcé.

Directrice – Non, mais quand j'ai parlé d'improviser un peu, c'était en plus du texte. Pas à la place. La Nouvelle Vague, n'importe quoi... Je vous rappelle qu'on est sur une scène de théâtre, là. On n'a pas droit à plusieurs prises, comme sur un plateau de cinéma.

Actrice – Ne te fais pas de bile, on va s'en sortir. On est des professionnels, non ?

Acteur – Ouais, on est des professionnels. Et c'est d'ailleurs un peu pour ça qu'on tient autant à être payés, figure-toi.

Directrice – Bon, maintenant, je vous en conjure, allez vous habiller ! Parce qu'à force d'être en avance, on va finir par être en retard.

Actrice – Et si on jouait comme ça ?

Directrice – Comme ça ?

Acteur – Je ne sais pas... En tenue décontractée... Ce serait plus moderne, non ?

Directrice – Vous n'avez pas non plus vos costumes...

Actrice – Mais si ! Enfin... on va les retrouver.

Acteur – Sûrement...

Actrice *(à la directrice)* – Ce n'est pas toi qui devais passer au pressing pour les récupérer ?

Directrice – Au pressing... Non mais vous vous croyez où ? Dans un théâtre subventionné ? Ils sont dans vos loges, vos costumes. Enfin, je crois... Maintenant, foutez le camp avant que je fasse quelque chose que je pourrais regretter...

Les deux comédiens repartent.

Directrice – Ah, je vous jure... J'aurais mieux fait de faire du dessin animé, tiens... Au moins, tu ne t'emmerdes pas à gérer les humeurs des comédiens *(Elle s'adresse une dernière fois à la régie)* Pablo, tu peux me rejoindre deux minutes en coulisses ? Il faut que je te dise quelque chose au sujet de la bande-son.

Régisseur – Ah parce qu'il y a une bande-son ?

Directrice *(sans qu'on sache si elle plaisante ou pas)* – Non, justement. C'est toi qui devras faire les bruitages depuis la régie. Je t'expliquerai...

Elle plie l'escabeau et sort en l'emportant. Silence.

Voix off – Et en attendant le début de votre spectacle « La représentation est annulée », une page de publicité.

Les annonces qui viennent ensuite sont dans le style vieillot et sur le ton outrancier des publicités des années 1950.

Voix off – Vous aimez le cheval mais vous ne savez pas où aller pour assouvir votre passion ? Adressez-vous à un spécialiste. Maison Laselle, votre boucherie chevaline de père en fils depuis plus d'un siècle. Laselle, un boucher très à cheval sur la qualité. Vous n'avez pas le temps de faire les courses ou bien vous souhaitez garder l'anonymat ? Nous vous proposons également notre service de livraison à domicile. En toute discrétion et... au grand galop. Si tu ne vas pas à Laselle, Laselle ira à toi !

Musique de transition.

Voix off – Un robinet qui goutte, une fuite sous le lavabo, une canalisation bouchée... ou tout simplement l'envie de faire de nouvelles rencontres ? Appelez sans tarder Plomberie et Compagnie, des spécialistes à l'écoute de tous vos besoins et de toutes vos envies. Plomberie et Compagnie, le bon tuyau pour tous vos problèmes de sanitaires, avec des professionnels à votre écoute qui sauront vous comprendre et vous satisfaire. Plomberie et Compagnie, une entreprise certifiée Qualigaz et Gay Friendly.

Sur la musique de fin de cette deuxième annonce, tandis que la pénombre se fait sur scène, un personnage arrive, recouvert d'un drap blanc, comme d'un suaire de fantôme. Il regarde à cour et à jardin, il prend la caisse oubliée sur le fauteuil, et sort.

La lumière revient sur scène et la directrice entre. Elle a ôté son bleu de travail et porte une tenue de ville.

Directrice – Merci à tous pour votre patience... Puisque tout le monde dans la salle a un casier judiciaire vierge et un carnet de vaccination à jour, la pièce va pouvoir commencer. Vous me permettrez auparavant de remercier aussi tous nos généreux sponsors, ainsi que le maire de cette charmante commune qui, bien qu'actuellement incarcéré pour abus de biens sociaux, profite d'une permission de sortie pour nous faire l'honneur de sa présence ce soir parmi nous... Enfin, pour la tranquillité de tous, je vous demanderais de bien vouloir éteindre vos téléphones portables et, pendant toute la durée de la représentation, d'éviter de vous embrasser, de tousser, de vous moucher, de cracher ou de... *(Elle s'interrompt en apercevant le directeur apparaître sur la scène)* Monsieur le Directeur, vous vouliez ajouter un mot...?

Directeur *(en aparté)* – Tu n'as pas vu la caisse ?

Directrice – Pardon ?

Directeur – Ma cassette ! Je l'avais laissée là, sur le fauteuil. Ce n'est pas toi qui l'as prise ?

Directrice – C'est ça, traite-moi de voleuse, aussi.

Le directeur fait le tour de la scène, paniqué, en débitant les premières phrases du monologue de L'Avare.

Directeur – Au voleur ! Au voleur ! À l'assassin ! Au meurtrier ! Justice, juste ciel ! Je suis perdu, je suis assassiné. *(Revenant vers la directrice)* On m'a coupé la gorge : on m'a dérobé mon argent...

Directrice – Mais enfin, calme-toi ! Ce n'est pas moi, je te dis ! Et puis tu vois bien qu'on nous regarde...

Directeur – Alors si ce n'est pas toi, c'est qui ?

Directrice – Tu dis que tu l'as laissée sur la scène ?

Directeur – Je l'ai oubliée, voilà ! Je l'ai posée là, sur ce fauteuil, quand tu m'as demandé de te passer le tournevis et après...

Directrice – Je suis sortie seulement quelques minutes avec le régisseur avant de...

Directeur – Et moi j'étais en train de discuter avec les acteurs. C'est justement quand j'ai voulu les payer avec ce qu'il y avait dans la caisse que je me suis rendu compte...

Directrice – Alors qui aurait bien pu voler ta cassette ?

Ils tournent un regard suspicieux vers le public.

Directeur – Non, tu crois ?

Directrice – Qui d'autre ?

Directeur – Je ne sais pas...

Directrice – Et alors ? On joue, on ne joue pas ?

Directeur – On ne peut pas faire comme si de rien n'était, et les laisser se barrer à la fin avec la caisse !

Directrice – Même si au fond, c'est un peu leur argent.

Directeur – Bon, alors qu'est-ce qu'on fait. La représentation est annulée...?

Directrice – De toute façon, les acteurs refuseront de jouer si on ne les paie pas d'avance.

Directeur – Avec quoi voudrais-tu que je les paie, maintenant ? On nous a volé la recette ! *(Au public)* Du coup, on ne va pas pouvoir vous rembourser non plus.

Directrice – Ben non...

Directeur – Je vous demanderais quand même de rester assis à vos places en attendant l'arrivée de la police...

Directrice – Tu as déjà appelé la police ?

Directeur – Ils sont en chemin. Ils ne devraient pas tarder...

Directrice – Ah oui... Je crois qu'on entend la sirène...

Depuis la régie, le régisseur pourra déclencher un bruit de sirène de police approximatif.

Directeur – Un hold-up... Dans un théâtre, tu rends compte ?

Directrice – Un hold-up, c'est peut-être un peu exagéré...

Directeur – Ça revient au même, non ? On nous a volé la caisse...

Directrice – C'est vrai que là... c'est le coup de grâce.

Directeur – Oui... Cette fois ça y est, c'est la faillite...

Directrice – Il faut bien dire que le théâtre a toujours été une entreprise hasardeuse. Le modèle économique du théâtre c'est la faillite. Depuis qu'il est né, le théâtre n'en finit pas de mourir.

Directeur – Le théâtre en général, peut-être, mais pour ce qui est du nôtre en particulier, je crois que c'est vraiment la fin. Si on ne retrouve pas cet argent, on met la clef sous la porte.

Directrice – Comment est-ce qu'on a pu en arriver là ?

Directeur – Si on avait proposé au public des pièces... plus grand public, justement. Ce qui fait venir les gens au théâtre, ce sont les bonnes comédies.

Directrice – Si on connaissait la formule magique, les bonnes comédies, on ne ferait que ça. *(Se tournant vers le fauteuil)* Il faudrait demander la recette à Monsieur Molière...

Directeur – La recette... En tout cas, celle d'aujourd'hui, on nous l'a volée ! Cette fois, je crois qu'il n'y a pas d'autre solution. Il faut vendre ce théâtre. *(Il sort son téléphone portable)* Je vais mettre une annonce sur Le Bon Coin...

Directrice – Il y a peut-être un acheteur dans la salle... On pourrait le vendre aux enchères !

Directeur – Pourquoi pas ? Allez, mise à prix 200.000 euros. Qui dit mieux ? Personne ? 100.000, alors ? 50.000...?

Directrice – C'est vrai que pour avoir le projet de racheter un théâtre en ce moment. À moins d'avoir passé les dix dernières années de sa vie dans le coma...

L'inspecteur et l'inspectrice arrivent sur scène, depuis les coulisses ou depuis la salle. Il a l'allure de l'Inspecteur Columbo, et elle ressemble à son clone en féminin. L'inspecteur jette un regard sur la scène, tandis que l'inspectrice hume l'air tel un chien policier.

Inspecteur *(montrant sa carte)* – Inspecteur Colombo. Et voici mon adjointe, Martinez..

Inspectrice – Ramirez.

Inspecteur – Pardon ?

Inspectrice – Ramirez. Je m'appelle Ramirez, pas Martinez.

Inspecteur – Martinez, Ramirez... C'est un peu pareil, non ?

Inspectrice – Il n'empêche que mon nom, c'est Ramirez. Ça fait trois ans qu'on fait équipe ensemble, je pense que maintenant vous pourriez vous en souvenir, non ?

Inspecteur *(au directeur)* – Ces Portugais, ils sont tellement susceptibles...

Inspectrice – Espagnol !

Inspecteur – Quoi encore ? Qu'est-ce que j'ai dit ?

Inspectrice – Je suis d'origine espagnole, pas portugaise.

Inspecteur – Bon, Martinez... On ne va pas passer la journée, là-dessus, non plus. On a une affaire à traiter, là !

Directeur – En tout cas, merci d'être venus aussi vite.

Inspectrice – Ramirez, ce n'est pourtant pas compliqué...

L'inspecteur jette un regard vers la scène, et vers les projecteurs qui l'éblouissent, tandis que l'inspectrice renifle le directeur et la directrice.

Inspecteur – C'est quoi, ici ? Un peep-show ?

Directrice – C'est un théâtre, Inspecteur... C'est un peu pareil, sauf que les comédiennes sont habillées. En général...

Inspectrice – Alors si j'ai bien compris, on vous a volé... votre cassette.

Directeur – Oui, Inspecteur.

Inspecteur – Ce n'est pas une blague, au moins ? Parce que vous savez, on a autre chose à faire que de jouer les guignols...

Directeur – Ce n'est pas une plaisanterie, croyez-moi. Ce serait plutôt une tragédie.

Inspectrice – Mais quand vous dites une cassette, vous voulez dire...?

Directeur – Il s'agit de la recette du théâtre.

Inspecteur – Ah, d'accord... On vous a volé la recette, donc. La recette du théâtre...

Directrice – Si on ne la retrouve pas, c'est une catastrophe. On doit déjà annuler la représentation...

Inspectrice – Et elle était où, cette cassette ?

Directeur – Elle était là, posée sur le fauteuil de Molière.

Inspecteur – Vous laissez votre argent sur un fauteuil, à la vue de tous, et vous vous étonnez qu'on vous le vole ?

Directeur – Je pensais qu'on était entre gens de confiance.

Directrice – Vous savez, le théâtre, c'est une grande famille.

Inspectrice – Il y a des témoins ?

Directeur – Des témoins ? Ah oui, il y en a même beaucoup...

Inspecteur – Et ils sont où, ces témoins ?

Directrice – Vous les avez devant vous.

L'inspecteur et l'inspectrice découvrent la présence du public.

Inspectrice – Je ne les avais pas vus, ceux-là... Qu'est-ce qu'ils foutent ici ?

Directrice – C'est le public ! Je vous l'ai dit, on est dans un théâtre.

Inspecteur – Eh ben. Si on m'avait dit qu'un jour, je me retrouverais sur la scène d'un théâtre, devant un public. Pas vrai, Martinez ?

Directeur – Il n'est jamais trop tard pour commencer une carrière de comédien, Inspecteur Colombin.

Inspecteur – Colombo. Inspecteur Colombo.

Inspectrice *(ironique)* – Oh... Colombo, Colombin... C'est un peu pareil, non ?

Inspecteur – Et donc... le vol s'est passé sous leurs yeux.

L'inspectrice descend dans la salle, hume l'air et renifle certains spectateurs.

Directrice – Oui.

Inspectrice – Et bien entendu, personne n'a rien vu...

Directeur – Ça... il faudra leur demander.

Inspecteur – Et le régisseur, là-bas ? Il n'a rien vu non plus ?

Directrice – Il était avec moi en coulisses juste avant le début de la pièce.

Silence pendant lequel l'inspecteur fait le tour de la scène avec un air suspicieux, et jette un regard en coulisses. Pendant que l'inspectrice fait un tour dans la salle, en observant les spectateurs, allant ainsi jusqu'à la régie. Au retour, elle s'arrête devant le faux spectateur, et le renifle.

Inspectrice – Vous avez votre carnet de vaccination ?

Spectateur – Bien sûr...

Le spectateur montre un document à l'inspectrice, qui semble s'en satisfaire. L'inspectrice remonte sur scène.

Inspecteur – Ce ne serait pas une escroquerie, plutôt ?

Directeur – Une escroquerie ?

Inspecteur – On connaît la combine, vous savez. On planque l'oseille quelque part, on la déclare volée, et on se fait rembourser par l'assurance.

Directrice – Je vous assure, Inspecteur, que...

Inspectrice – Alors en somme, si on résume, qui sont les suspects ? *(Au directeur)* Vous...

Directeur – Mais enfin... C'est moi la victime ! Je suis innocent !

Inspecteur – Tout innocent est un coupable qui s'ignore. Il y avait qui d'autre, dans ce théâtre, au moment du vol ?

Directeur – Eh bien... il y avait les comédiens de la pièce, évidemment.

Inspectrice – Et ils sont où ?

Directrice – Ils doivent être dans leurs loges, je suppose, à attendre qu'on leur dise si la représentation est annulée ou pas.

Inspecteur – Eh bien qu'est ce que vous attendez ? Allez les chercher !

Directrice – J'y vais.

La directrice sort.

Inspectrice – Vous avez des raisons de suspecter quelqu'un en particulier ?

Directeur – Non... C'est la première fois qu'une chose pareille arrive dans cet honorable établissement, je vous assure.

Inspecteur – En effet, ce n'est pas souvent qu'on est appelés pour un vol dans un théâtre. Pas vrai Martinez ?

Directeur – Il faut dire que le plus souvent, il n'y a pas grand chose à voler. Sauf la recette... qui généralement est bien trop maigre pour intéresser les braqueurs.

Inspectrice – Et vos comédiens ? Vous pensez que l'un d'entre eux aurait pu commettre ce larcin...?

Directeur – Je ne sais pas... C'est vrai qu'ils n'ont pas été payés depuis des semaines et qu'ils commencent à avoir faim. Comme vous le savez, nous traversons tous une période difficile...

L'Inspecteur jette un regard vers la salle.

Inspecteur – Et ceux-là... Ils sont bien nourris, mais ils ont tous l'air d'avoir quelque chose à se reprocher...

Directeur – Vous savez, il y a tellement peu de monde qui va encore au théâtre de nos jours... On ne peut pas se permettre de trier la clientèle. On est bien obligés de laisser entrer n'importe qui. Du moment qu'ils sont vaccinés.

Inspectrice – On les interrogera tout à l'heure.

La directrice revient avec la comédienne.

Directrice – Voici la comédienne qui devait jouer le rôle d'Armande.

Inspecteur – Armande ?

Directrice – Armande Béjart. La femme de Molière.

Inspectrice *(lui désignant le fauteuil)* – Asseyez-vous là, Armande. *(Elle s'assied)*. Bon, alors nom, prénom, âge, qualité...

Actrice – Béjart, Armande, épouse Poquelin, comédienne, née à une date et en un lieu incertains, et par conséquent d'un âge sujet à caution.

Inspecteur – Tu parles d'un pédigrée... Alors, Madame Béjart...

Actrice – Mademoiselle.

Inspectrice – Vous venez de me dire que vous étiez mariée.

Actrice – Sachez qu'une comédienne ne donne jamais son âge, et qu'on l'appelle toujours mademoiselle, même si elle est mariée.

Inspecteur – Bien... Et que savez-vous de ce vol... Mademoiselle ?

Actrice – Rien.

Inspectrice – C'est bizarre, le contraire m'aurait étonnée.

Directrice – Puisqu'elle vous dit qu'elle ne sait rien... Elle ne sait même pas son texte... C'est peut-être pour ça que ça l'arrange que la représentation soit annulée, d'ailleurs...

Actrice – Qu'est-ce que tu veux insinuer ?

Directrice – Ce ne serait pas toi qui l'aurais volé, la caisse ? Juste pour t'éviter la peine d'avoir à apprendre ton texte.

Actrice – Moi, en tout cas, je n'ai pas besoin de coucher avec le directeur pour avoir un rôle.

Directrice – Répète un peu ça, pour voir ?

Elles sont sur le point d'en venir aux mains. Le directeur s'interpose.

Directeur – Allons Mesdemoiselles, restons courtois... *(Aux policiers)* Je vous l'ai dit, le théâtre est une grande famille. Et comme dans toutes les familles, il arrive qu'on se chamaille un peu...

Inspecteur – Et il est où, le reste de la famille ? J'imagine que ce n'était pas un seul en scène...

Directrice – Oui, il y a un autre acteur.

Inspectrice – Pourquoi il n'est pas là, alors ?

Directrice – C'est vrai, ça, il n'était pas dans sa loge, il est où ?

Actrice – Je ne sais pas.

Inspecteur – Le rideau va se lever, et vous ne savez pas où est votre partenaire de jeu ?

Actrice – Je ne suis pas sa mère, hein ? Et puis d'ailleurs, pourquoi vous le cherchez ? Vous voulez lui proposer un rôle ?

Inspectrice – Pourquoi pas celui du coupable ? S'il a disparu, c'est peut-être qu'il est parti avec la caisse.

Inspecteur – On va passer un avis de recherche *(À la directrice)* Vous avez son signalement ?

Directrice – J'ai mieux que ça, Inspecteur. J'ai son book...

La directrice sort un instant en coulisse.

Inspecteur – Son book ?

Directeur – Son book de comédien. Vous verrez, c'est beaucoup plus précis qu'un portrait robot.

La directrice revient avec un book qu'elle tend à l'inspecteur.

Directrice – Voici, Inspecteur.

Inspecteur – Très bien, c'est tout pour le moment. On vous laisse laver votre linge sale en famille.

Inspectrice – On va inspecter les lieux. Mais jusqu'à nouvel ordre, personne ne sort d'ici.

L'inspecteur et l'inspectrice sortent.

Actrice – Je peux y aller, moi aussi, ou vous avez encore des questions à me poser ?

Directeur – Tu peux disposer, mais tu as entendu l'inspecteur ? Personne ne doit sortir d'ici tant qu'on n'aura pas trouvé le coupable...

Elle sort.

Directrice *(au public)* – Désolée pour tous ces petits tracas imprévus. Avec un peu de chance, on pourra régler ça très vite et le spectacle reprendra bientôt.

Directeur – Dans une bonne ambiance, j'espère...

Directrice – Bon, mais il va bien falloir les occuper en attendant...

Un spectateur, qui est en réalité un comédien, se manifeste dans la salle.

Spectateur – Excusez-moi...

Le directeur et la directrice, étonnés, se tournent vers lui.

Directeur – Oui...

Spectateur – Vous permettez ?

Il se lève et monte sur la scène sans attendre l'autorisation.

Directeur – Je vous en prie...

Spectateur – Désolé de faire irruption comme ça dans votre débat, et de monter sur scène sans y avoir été invité, mais si je pouvais vous aider un peu à ma manière...

Directrice – On vous écoute...

Spectateur – Voilà. Je suis depuis toujours un ami du théâtre. J'en fais d'ailleurs un peu moi-même, en amateur. Et sans prétention aucune, bien sûr...

Directeur – Très bien... mais comme vous aurez pu le deviner, pour l'instant, nous ne sommes pas vraiment en position pour vous proposer un rôle.

Spectateur – Évidemment... Je n'aurais même pas osé vous le demander. Vous êtes des professionnels et moi... je ne suis qu'un comédien du dimanche, comme on dit.

Directrice – Dans ce cas, si je peux me permettre, en quoi pourriez-vous nous aider ?

Spectateur – Eh bien... financièrement, peut-être.

Les deux autres restent un instant sans voix.

Directeur – Voyez-vous ça...?

Spectateur – J'ai cru comprendre que vous aviez quelques problèmes de trésorerie passagers.

Directrice – On pourrait même dire que ce théâtre est depuis sa création en cessation de paiement permanente.

Spectateur – Il se trouve que, sans être milliardaire, j'ai quelques économies dont je ne sais pas quoi faire. Vous savez ce que c'est, en ce moment, avec l'inflation qui revient, mieux vaut ne pas laisser son argent dormir à la banque. Quant au livret A, pour ce que ça rapporte, autant garder quelques lingots sous son matelas.

Directrice – Ce qui par ailleurs doit être assez inconfortable...

Directeur – Et donc vous vous êtes dit que pour faire fructifier vos économies et diversifier vos placements, investir dans le théâtre pouvait être une option à ne pas négliger.

Directrice – En effet, c'est assez baroque.

Spectateur – Je ne pense pas vraiment à gagner de l'argent, vous savez. Mais tant qu'à faire, autant soutenir les artistes. Comme en plus vous m'êtes sympathiques, je me suis dit que... Mais excusez-moi, je ne sais pas ce qui m'a pris. Je ne suis pas du métier et... Pardon encore de vous avoir dérangés...

Devant la sidération des deux autres, il s'apprête à regagner sa place, mais le directeur l'arrête.

Directeur – Mais pas du tout, voyons... Je vous en prie, restez avec nous...

Directrice – Tenez, asseyez-vous donc ici.

Il prend place dans le fauteuil avec une satisfaction évidente.

Spectateur – C'est le fauteuil de Molière, n'est-ce pas ?

Directeur – Oui, enfin... seulement dans la pièce, j'imagine.

Directrice – Encore que, l'antiquaire qui me l'a vendu m'a assuré qu'il était d'époque, et que par conséquent, rien n'interdisait de rêver que Molière en son temps l'ait honoré de son illustre séant.

Directeur – Et donc vous envisageriez de... nous faire faire un prêt.

Directrice – Ou pourquoi pas une donation, allez savoir...

Spectateur – Je pensais plutôt à un investissement locatif.

Directeur – Voyez-vous ça...

Directrice – Vous pourriez être plus précis ? Je ne suis pas sûre que...

Spectateur – Vous avez besoin d'argent, j'en ai. Je vous rachète les murs, et vous pourrez ainsi poursuivre votre noble activité. Moyennant un loyer dérisoire.

Directeur – Ma foi... un loyer dérisoire pour une activité qui l'est tout autant... Ça me semble tout à fait approprié.

Spectateur – Bien entendu, je n'ai pas grand chose à vous offrir, mais si j'ai bien compris, vous n'avez pas beaucoup le choix.

Directrice – C'est très délicat de votre part de nous le rappeler.

Directeur – Et quand vous dites pas grand chose... on parlerait de combien, à peu près.

Spectateur – J'ose à peine vous le dire. Je préfère vous l'écrire...

Le spectateur sort une carte de visite et un crayon, il inscrit un chiffre, et tend la carte au directeur. Le directeur regarde la somme inscrite sur le papier.

Directeur – Ah oui... Je comprends mieux pourquoi vous parliez d'un loyer dérisoire. Vu la somme que vous proposez pour cet achat.

Il repasse la carte de visite à la directrice.

Directrice – Vous êtes sûr de ne pas avoir oublié un zéro ?

Spectateur – Vous savez, la valeur d'un bien s'estime au rendement que l'on peut en attendre. Et dans le cas d'un théâtre, ce rendement est à peu près nul. Quand il n'est pas négatif.

Directrice – Vu comme ça, évidemment...

Spectateur – Quoi qu'il en soit, il ne s'agit pas de faire une bonne affaire, n'est-ce pas ? Mais de voler au secours du spectacle vivant, qui en ce moment ne l'a jamais été aussi peu. Considérez qu'il s'agit de mécénat.

Directeur – Vous me prenez un peu de court mais... je vous promets d'y réfléchir, et de vous donner une réponse sans tarder.

Spectateur – Vous avez mon numéro sur cette carte de visite.

La directrice redonne la carte de visite au directeur.

Directeur – François Pigeon, Philanthrope...

Directrice – Je ne savais pas que philanthrope, c'était un métier...

Spectateur – Ce serait plutôt une vocation. Pour ne pas dire un sacerdoce.

Le spectateur se lève pour quitter la scène.

Directrice – Eh bien merci de votre générosité, Monsieur Pigeon... Molière avait pour protecteur Louis XIV, mais avec des souteneurs comme vous, le théâtre contemporain a encore de beaux jours devant lui.

Spectateur – Vous permettez que je jette un coup d'œil dans les coulisses ? Je suis curieux, vous comprenez... et si je dois bientôt investir un peu d'argent dans cette affaire.

Directeur – Mais je vous en prie, faites comme chez vous. Quand on achète un restaurant, on a bien le droit de regarder l'état des cuisines...

Le spectateur disparaît en coulisses.

Directeur – Ce n'est pas une offre merveilleuse, mais cela pourrait nous sauver, non ?

Directrice – Nous sauver ? En vendant notre théâtre à un inconnu ?

Directeur – Tu l'as entendu. Il ferait surtout ça pour nous aider.

Directrice – C'est sûrement pour ça que je me méfie. J'ai tendance à considérer tout philanthrope comme suspect potentiel.

Directeur – En même temps, est-ce qu'on a vraiment le choix ?

Directrice – Et puis on ne sait jamais, on va peut-être le retrouver, cet argent...

L'inspecteur et l'inspectrice reviennent, avec le comédien, menotté.

Inspectrice – En tout cas, on a déjà retrouvé le voleur.

Inspecteur – Il était au bistrot du coin, complètement saoul.

Acteur – Saoul ? Mais enfin pas du tout !

Inspectrice – Tu parleras quand on t'interrogera. En attendant, assieds-toi là.

Ils poussent l'acteur à s'asseoir dans le fauteuil.

Directeur – Il a avoué ?

Inspecteur – Pas encore. Mais ça viendra, ne vous inquiétez pas. Les aveux spontanés, c'est notre spécialité.

Directrice – Enfin, pour l'instant, on est pas encore sûrs que c'est lui.

Inspectrice – Avec une belle tête de coupable comme la sienne, avouez que ce serait dommage, non ?

Directeur – Laissons-le s'expliquer, au moins.

Inspecteur – Bon, alors nom, prénom, âge, qualités...

Acteur – Poquelin, Jean-Baptiste. Date de naissance inconnue, mais baptisé le 15 janvier 1622 à Paris. Comédien et dramaturge. Marié avec Mademoiselle Armande Béjart, également comédienne.

Inspectrice – Alors, Jean-Baptiste ? C'est toi qui l'as volée, cette cassette, oui ou non ?

Acteur – Je ne suis pour rien dans cette histoire. Et je voudrais voir mon avocat.

Inspecteur – Son avocat... Vous entendez ça, Martinez ? Tu regardes trop la télé, mon vieux. Et pourquoi pas ton agent, aussi ?

L'actrice revient.

Actrice – Mais qu'est-ce que ça veut dire ? Vous n'avez pas le droit !Qu'est-ce que vous lui avez fait ?

Inspecteur – C'est le suspect numéro un dans cette affaire.

Actrice – Et pourquoi ça ?

Inspectrice – On l'a rattrapé au tabac alors qu'il essayait de s'enfuir.

Actrice – C'est moi qui l'avais envoyé me chercher des cigarettes !

Inspecteur – Vous lui fournissez un alibi, ça se comprend. Mais votre témoignage n'est pas crédible. Vous êtes sa femme.

Actrice – Mais enfin, je ne suis sa femme qu'à la scène, pas à la ville ! Vous avez vraiment cru que je m'appelais Armande Béjart et lui Jean-Baptiste Poquelin ?

Inspectrice – Et vous aggravez votre cas, en plus ! Usurpation d'identité, vous savez combien ça va chercher ?

Actrice – Nous sommes comédiens. L'usurpation d'identité, c'est notre métier.

Inspecteur – On l'a fouillé. Il n'avait aucun paquet de cigarettes sur lui.

Acteur – Vous m'avez passé les menottes avant que j'ai le temps de les acheter !

Inspectrice – Pas plus que cette fameuse cassette, d'ailleurs.

Acteur – Dans ce cas, vous n'avez aucune preuve contre moi.

Inspectrice – Des témoins, on va en trouver, ne t'inquiète pas. *(Au public)* C'est bien cet homme que vous avez vu partir avec la cassette ?

La fausse spectatrice, dans la salle, prend la parole.

Spectatrice – C'est difficile à dire, Inspecteur... c'était un fantôme.

Inspecteur *(au directeur)* – Un fantôme... C'est qui, cette folle ?

Directeur – Une spectatrice... On ne les connaît pas tous, vous savez.

Inspectrice – On vous écoute, chère Madame. Vous disiez ?

Spectatrice – Je vous dis qu'il avait un drap sur la tête.

Inspecteur – Un drap ?

Spectatrice – Oui, un drap. Comme un fantôme, si vous voulez. On a d'abord pensé que c'était dans la pièce...

Directrice – C'est vrai que le fantôme de Molière doit apparaître à la fin, juste avant de...

Inspecteur – Bon... Allez me chercher un drap.

La directrice sort.

Inspectrice – Un fantôme...

Inspecteur – Vous croyez aux fantômes, Martinez ?

Inspectrice – Non.

Inspecteur – Moi non plus.

La directrice revient avec plusieurs draps. Elle en tend un à l'inspectrice.

Inspectrice *(à l'acteur)* – Levez-vous.

Il se lève et elle lui met le drap sur la tête et le corps.

Inspecteur – Avancez.

L'inspecteur le guide jusqu'au devant de la scène.

Inspectrice *(au public)* – Mesdames et messieurs, est-ce bien l'homme que vous avez vu voler cette cassette ?

Spectatrice – Oui, il ressemblait tout à fait à ça. En même temps, comme il était caché sous un drap... Comment savoir si c'est vraiment lui...?

Inspecteur – Vous avez raison... Martinez, on va faire un tapissage.

Ils prennent les deux autres draps et en recouvrent l'actrice et la directrice. Ils alignent ensuite les trois fantômes sur le devant de la scène, et ils les font changer de place plusieurs fois.

Directeur – À quoi on joue, là ? Au bonneteau ?

Inspecteur *(au public)* – Et maintenant ? C'est lequel ?

Petite impro si le public réagit. Ils font à nouveau changer de place les trois fantômes, toujours en ligne.

Inspecteur – Et là ?

L'inspectrice consulte son portable.

Inspectrice – Je viens d'avoir la réponse à ma demande d'information concernant les différents suspects.

Inspecteur – Et alors, qu'est-ce que ça donne ?

Inspectrice – Eh bien, Monsieur le Directeur, ce n'est pas joli, joli...

L'acteur, l'actrice et la directrice ôtent les draps qui les recouvrent.

Directeur – Je vous demande pardon ?

Inspectrice – Vous ne nous avez pas dit que vous aviez un casier ?

Directeur – Une sombre affaire de proxénétisme qui n'a jamais été vraiment élucidée. J'ai été condamné au bénéfice du doute...

Inspectrice – D'habitude, au bénéfice du doute, on est plutôt relaxé...

Inspecteur – Qu'avez-vous à dire pour votre défense, Monsieur le Directeur ? Vous qui m'affirmiez tout à l'heure qu'il s'agissait d'un établissement respectable...

Directeur – Monsieur l'Inspecteur, sachez qu'à l'époque de Molière, tous les comédiens étaient considérés par l'Église comme des dépravés, et à ce titre placés au même rang que les prostituées. On pourrait donc presque dire que tout directeur de théâtre est un proxénète en puissance.

Inspectrice – Si l'Église avait une telle méfiance à l'égard des comédiens, il devait bien y avoir une raison. Il n'y a pas de fumée sans feu...

Directrice – La vraie raison de cette persécution, c'est que le théâtre faisait concurrence à l'Église. L'église aussi est un théâtre, mais le spectacle est toujours le même. Les curés nous considéraient donc comme des rivaux à éliminer.

L'inspecteur saisit l'acteur.

Inspecteur – Bon, on emmène celui-là au poste. En lui assénant quelques coups sur la tête avec les œuvres complètes de Molière, il sera peut-être plus bavard.

L'actrice s'interpose avec un air théâtral.

Actrice – Il faudra d'abord me passer sur corps.

Inspecteur – Je ne vous promets rien, Béjart, mais en attendant, on vous embarque aussi pour faux témoignage.

L'inspecteur et l'inspectrice sortent en emmenant l'acteur et l'actrice.

Directeur – Avec tout ça, on n'a pas retrouvé la caisse, impossible de rembourser les spectateurs...

Directrice – Après tout, pourquoi les rembourser ? On leur offre un spectacle, non ?

Directeur – Et sans doute beaucoup moins ennuyeux que la pièce qui était prévue... Parce qu'entre nous, les dernières heures de Molière...

Directrice – Si on arrive à tenir encore une bonne demi-heure, on pourra dire qu'ils en ont eu pour leur argent.

Directeur – Une demi-heure ? On est au bout du rouleau, là. Ça commence déjà à patiner sérieusement, cette histoire.

Directrice – Ce qu'il nous faudrait, c'est un rebondissement.

Directeur – On n'a même plus de comédiens ! La police vient de les embarquer.

Directrice – Oui, il va falloir songer à les remplacer.

Directeur – Il y en a peut-être dans le public qui ont envie de faire du théâtre... En acceptant de ne pas être payés, bien sûr.

En impro, le directeur et le metteur en scène demandent à quelques spectateurs s'ils aimeraient faire du théâtre. Ils en récusent plusieurs à des motifs divers. Ils fixent finalement leur dévolu sur la spectatrice qui s'était précédemment manifestée, et le faux spectateur qui entre-temps a repris sa place dans la salle. On pourra aussi opter en impro pour un vrai spectateur choisi dans le public. Ils les font monter sur scène.

Directrice – Vous avez déjà fait du théâtre ?

Spectatrice – Non...

Impro si l'autre spectateur répond.

Directrice – On va leur faire faire une petite impro, pour voir.

Directeur – OK.

Directrice – Alors voilà. Vous rentrez à la maison un soir, et votre mari s'est transformé en pigeon.

Spectatrice – En pigeon ?

Directrice – Un gros pigeon.

Spectatrice – D'accord.

Directeur *(au spectateur)* – Vous, vous faites le pigeon.

Spectatrice – Il ne ressemble pas tellement à un pigeon.

Directeur – On est au théâtre. Vous n'avez qu'à imaginer...

Spectatrice – Ah, oui.

Directeur *(à la spectatrice)* – Alors vous, vous sortez en coulisses, et vous faites une entrée.

Elle sort, et entre à nouveau.

Spectatrice – Bonjour chéri, tu as passé une bonne journée ?

Le spectateur répond probablement oui.

Spectatrice – Et... qu'est-ce qu'on mange ce soir ?

Directrice – Qu'est-ce qu'on mange ce soir ?

Spectatrice – Oui...

Directrice – Votre conjoint s'est transformé en pigeon, et tout ce que vous trouvez à dire, c'est qu'est-ce qu'on mange ce soir ?

Spectatrice – Ben oui.

Directrice – Je ne sais pas, moi, vous devriez être étonnée.

Spectatrice – Puisque vous me l'avez déjà dit, je ne suis pas étonnée. Et puis entre nous, il ne ressemble pas du tout à un pigeon. Ça ne m'aide pas, non plus.

Directrice – Bon, on recommence. *(À la spectatrice)* Vous, vous sortez... *(Au spectateur)* Et vous, faites un effort, aussi ! Essayez de faire le pigeon.

Directeur – Vous n'aurez qu'à dire : je ne sais pas ce qui m'arrive, regarde, je me suis transformé en pigeon.

Le spectatrice sort et entre à nouveau.

Spectatrice – Bonjour chéri. Tu as passé une bonne journée ?

Le spectateur fait quelques pas en tentant d'imiter un pigeon.

Spectateur – Oui, mais je ne sais pas ce qui m'arrive. Regarde, je me suis transformé en pigeon.

Spectatrice – Ah oui, dis donc. Ça alors. Et sinon... qu'est-ce qu'on mange, ce soir ?

Directrice – Vous n'êtes pas mariée ?

Spectatrice – Non.

Directeur – Bon...

Directrice – Retournez vous asseoir. On vous rappellera.

Le spectateur et la spectatrice retournent s'asseoir dans la salle. Le faux spectateur pourra en profiter pour s'éclipser.

Directeur – Plus d'argent dans la caisse, les acteurs en garde à vue...

Directrice – Des spectateurs qui sont nuls en tant que comédiens...

Directeur – Il est vraiment mal barré, ce spectacle.

Directrice – Pourtant, c'était un beau sujet. Les dernières heures de Molière.

Directeur – Je me demande si ce n'est pas le titre qui nous a porté la poisse. « La représentation est annulée »...

L'acteur et l'actrice reviennent.

Directrice – Ils vous ont relâchés ?

Acteur – Apparemment, ils sont partis sur une autre piste. Ils sont en train de fouiller le théâtre de fond en comble...

Actrice – L'Inspectrice est en train de mettre son nez partout. Un vrai chien policier...

Acteur – Alors qu'est-ce qu'on fait ? On joue ou on ne joue pas ?

Directeur – Tant qu'on n'aura pas retrouvé l'argent, je ne peux pas vous payer... Mais on vient de me faire une proposition pour vendre ce théâtre.

Acteur – Vous avez trouvé quelqu'un d'assez fou pour acheter un théâtre en ce moment ?

Directrice – Un certain Monsieur Pigeon.

Actrice – Un nom prédestiné.

Directrice – Oui, mais ce pigeon me semble plutôt être un oiseau de mauvais augure.

Acteur – Pigeon, vous dites...? François Pigeon ?

Directeur – Oui.

Acteur – Ce nom me dit quelque chose... *(Il sort son portable)* Une petite recherche sur Google... Ça y est !

Directeur – Et alors ?

Acteur – François Pigeon. C'est le représentant en France d'une secte en pleine expansion dans le monde entier... et qui a son siège aux Bahamas.

Actrice – Une secte domiciliée dans un paradis fiscal. Au moins, ils ont le sens de l'humour, en plus d'avoir le sens des affaires.

Directeur – Et c'est quoi, cette secte ?

Acteur – L'Église de Fientologie. Les adeptes sont appelés des pigeons. Et leur gourou prétend lire l'avenir dans leurs propres fientes.

Directrice – Quand je vous disais que c'était un oiseau de mauvais augure.

Directeur – Mais pourquoi ce tartuffe voudrait-il acquérir notre théâtre ?

Acteur – Il rachète à vil prix toutes les salles en difficulté pour en faire des églises de sa secte. Ils ont déjà plus d'un million de fidèles en France.

Directeur – Si ça continue, on ne pourra plus aller au spectacle dans cette ville.

Directrice – Mais il y aura des Églises de Fientologie à tous les coins de rues.

Directeur – À l'époque de Molière, l'Église avait déjà déclaré la guerre au théâtre. On pensait avoir gagné la partie, mais on dirait qu'aujourd'hui l'empire contre-attaque...

Actrice – Vous n'allez pas lui vendre ce théâtre !

Directeur – Vous avez une autre solution ?

Actrice – On joue quand même !

Directeur – Je vous l'ai dit, je n'ai toujours pas de quoi vous payer.

Actrice – Qu'à cela ne tienne ! On jouera gratuitement. Nous sommes prêts à tout pour sauver ce théâtre et lutter contre la montée de l'obscurantisme fientologique !

Directrice – Bon, alors c'est parti.

Acteur – Je vais me mettre en costume.

Actrice – Moi aussi.

Directeur – Que le spectacle commence !

L'inspecteur et l'inspectrice reviennent.

Directrice – Vous ne pouvez pas rester là, c'est une scène de théâtre, pas une scène de crime. Et la pièce va commencer.

Inspecteur – Commencer, je n'en suis pas si sûr... J'ai reçu une dénonciation. Votre théâtre ne respecterait pas toutes les normes de sécurité en vigueur.

Directrice – Une dénonciation ?

Directeur – Quelqu'un nous en veut, c'est évident.

Inspectrice – Quoi qu'il en soit, on va devoir vérifier. Où sont les issues de secours ?

Directrice – Eh bien... Elles sont ici... Et là...

L'inspecteur vérifie rapidement les issues de secours.

Inspecteur – Et... vous avez votre brevet de secourisme ?

Directeur – Bien sûr. Tenez, le voici. Je l'ai toujours sur moi au cas où.

Le directeur tend à l'inspecteur un papier qu'il regarde à peine.

Inspectrice – Vous êtes vacciné contre la rage ?

Directeur – Je crois... En tout cas, je n'ai encore jamais mordu personne... jusqu'à aujourd'hui.

Inspecteur – Bon... *(Désignant le public)* Et eux... Ils savent tous nager ?

Directrice – Il faudrait leur demander mais bon, dans une salle de théâtre, il est rare que la baignoire déborde...

Inspecteur – Je plaisantais. Vous savez, on peut être inspecteur de police et avoir le sens de l'humour... Bon, j'ai vu aussi l'extincteur dans l'entrée. Apparemment, tout est en règle.

Directeur – Après un vol, une dénonciation calomnieuse... Quelqu'un cherche à nous nuire !

Inspecteur – Vous pensez à quelqu'un en particulier ?

Directrice – Vous avez entendu parler de l'Église de Scatologie, Inspecteur Colombin...

Directeur – Je crois qu'il s'agit plutôt de l'Église de Fientologie, Inspecteur Colombo.

Inspecteur – Vous allez nous expliquer tout ça.

Directrice – En attendant... place au théâtre.

Directeur – Enfin !

Ils sortent. On frappe les trois coups. Molière arrive, en toussant dans un mouchoir teinté de rouge, et s'assoit dans le fauteuil. Béjart entre à son tour.

Actrice – Comment vous sentez-vous, Jean-Baptiste ?

Acteur – Comme mon Malade Imaginaire, ma chère Armande. Plutôt mal en point.

Actrice – Mais vous crachez du sang, mon ami... Votre maladie est tout sauf imaginaire.

Acteur – Ce n'est pas la première fois, hélas. Ça finira par passer.

Actrice – À moins que ce ne soit vous qui finissiez par passer. Il serait plus prudent d'annuler la représentation...

Acteur – Toute la troupe compte sur moi. Si la représentation est annulée, ils perdront tous un argent dont ils ont cruellement besoin. Sans parler du public qu'il faudra rembourser...

Actrice – Vous avez déjà tellement donné au théâtre, Monsieur Molière. Personne ne vous demande d'y sacrifier votre vie...

Acteur – Il n'y a qu'au théâtre que je me sente vraiment vivant... Et puis, reconnaissez que mourir sur scène en jouant le Malade Imaginaire... Quel panache ! Vous croyez qu'ils oseront me refuser un enterrement chrétien ?

Actrice – Pourquoi tenez-vous tellement à un enterrement chrétien, vous qui vous êtes toujours moqué de l'Église.

Acteur – De l'Église, oui. Mais pas de la vraie foi, qui est la foi en l'Homme. Chaque représentation de mes pièces est une messe où je célèbre l'amour de la vie.

Actrice – Finalement, vous êtes un moraliste, mon ami. Comme tous les grands auteurs comiques.

Acteur – Et comme tous les auteurs comiques, dans quelques années, on m'aura oublié. On ne se souviendra que des grands tragédiens.

Actrice – J'irai me jeter aux pieds du roi s'il le faut. Vous aurez votre place au cimetière.

Acteur – On m'a refusé l'entrée à l'Académie Française parce que je suis comédien. Qu'au moins on ne me refuse pas d'entrer au cimetière par la grande porte.

Actrice – Le futur vous rendra justice, j'en suis sûre. Dans un siècle ou deux, comme pour la langue anglaise on dit la langue de Shakespeare, pour le français on dira la langue de Molière.

Acteur – On me calomnie déjà de mon vivant. Qu'en sera-t-il quand je serai mort ? On dira de moi que c'est un autre qui a écrit mes pièces. On prétendra que j'ai épousé ma fille...

Actrice – Mais vous serez le plus célèbre des dramaturges de tous les temps.

Acteur – Dieu vous entende. Alors je pourrai mourir en paix.

Elle a un geste tendre à son égard.

Actrice – Promettez-moi de ne jamais mourir.

Acteur – Pas avant la fin de la représentation, je vous le jure.

Actrice – Vous jouerez donc tantôt le Malade Imaginaire...

Acteur – D'ordinaire, c'est un homme bien portant qui feint d'être malade. Cette fois ce sera un authentique moribond qui feindra d'être bien portant pour faire semblant d'être malade.

Actrice – N'est-ce pas là l'essence même du théâtre ? Créer l'illusion pour faire surgir la vérité.

Acteur – Je me sens déjà mieux.

Actrice – J'ai tout de même fait quérir un médecin pour vous examiner. Je vous laisse avec lui...

L'actrice sort et la spectatrice arrive, en médecin.

Spectatrice – Alors Monsieur Molière ? Finalement, vous sollicitez le secours de cette médecine que vous ridiculisez dans vos pièces ?

Acteur – Ce n'est pas de la médecine dont je me moque. Je me moque de ces médecins qui eux la ridiculisent. Quoi qu'il en soit, merci d'être venu... Armande a sollicité plusieurs de vos confrères qui ont refusé de se déplacer quand on leur a dit qui était le malade.

Spectatrice – Je vous avoue que j'ai moi-même beaucoup hésité. Et qu'est-ce qui vous fait souffrir, aujourd'hui, Monsieur Molière ?

Acteur – J'ose à peine vous le dire, Docteur...

Spectatrice – Allez-y toujours...

Acteur – Le poumon.

Spectatrice – Ce ne serait pas encore une de vos mauvaises farces ?

Acteur – Hélas non, je vous assure.

Spectatrice – Il est vrai que vous n'avez pas très bonne mine... Penchez-vous en avant et respirez bien fort. *(Elle colle son oreille dans le dos du patient)* Je crains malheureusement que vous n'ayez raison. Ces poumons-là font un bruit d'enfer. Cet enfer qui vous attend si vous n'abjurez pas à temps votre profession satanique.

Acteur – Permettez-moi au moins d'aller au bout de cette représentation. Après j'abjurerai ce que vous voudrez, c'est promis.

Spectatrice – Si vous ne vous mettez pas tout de suite au repos, cette représentation sera votre dernière apparition sur scène, croyez-moi.

Acteur – Je ne peux pas décevoir mon public. The show must go on, comme disait mon collègue Shakespeare.

Spectatrice – Vous tenez à peine debout.

Acteur – Ce ne serait pas vous qui m'auriez empoisonné, par hasard ? Pour m'empêcher de discréditer une nouvelle fois tous ces diafoirus...

Molière se met à tousser et semble pris d'un malaise.

Spectatrice – Ça va, mon vieux ?

Acteur – Non, ça ne va pas du tout... Je ne sais pas ce qui m'arrive tout à coup...

Spectateur – Mais... ça aussi, c'est dans la pièce ou bien vous improvisez, là ?

Acteur – Non... Là, c'est le comédien qui vous parle. Il faut m'aider, Docteur...

Il tousse à nouveau.

Spectatrice – C'est que je ne suis pas vraiment médecin, moi... À part au théâtre...

L'actrice arrive.

Actrice – Je vous ai entendu tousser, Monsieur...

Spectatrice – Son état s'est brusquement aggravé.

Actrice – Mais... c'est Molière qui s'étouffe, ou bien le comédien qui l'interprète ?

Spectatrice – Je vous avoue que je commence à y perdre mon latin.

Le directeur et la directrice arrivent, l'air inquiet.

Directeur – Que se passe-t-il ?

Actrice – Faites quelque chose, vous voyez bien qu'il étouffe !

Directeur – Je n'ai que mon brevet de secourisme. Il faudrait appeler le SAMU.

Actrice – Je m'en occupe...

La spectatrice et l'actrice emmènent l'acteur en coulisses.

Directeur – Mesdames et messieurs, nous sommes vraiment désolés, nous voilà revenus à notre point de départ... Et la représentation est annulée...

Directrice – En raison de ce malade dont on ne sait plus s'il est imaginaire ou non.

Le spectateur revient.

Spectateur – Voilà, j'ai préparé la promesse de vente, vous n'avez plus qu'à signer...

Directrice – Nous savons qui vous êtes, Monsieur François Pignon. Vous êtes démasqué.

Spectateur – Pigeon. François Pigeon.

Directrice – Vous voulez faire de ce théâtre une église pour votre secte.

Spectateur – Une secte... Tout de suite, les grands mots... Vous savez, mon amie, toutes les religions sont des sectes qui ont réussi...

Directrice – Tout de même, L'Église de Fientologie... Lire l'avenir dans les fientes de pigeons.

Spectateur – C'est tout à fait fientifique, je vous assure.

Directrice – Tu ne vas pas vendre ton âme à ce diable d'homme !

Directeur – Hélas, je n'ai pas le choix... C'est ça ou la ruine...

Directrice – Pense à Molière ! Lui qui est mort sur scène plutôt que d'annuler une représentation.

Directeur – Que veux-tu ? J'ai commencé ma carrière comme proxénète. Je suis devenu directeur de théâtre... Mais il faut se rendre à l'évidence, je ne serai jamais Molière.

Le directeur signe.

Spectateur – Merci... Dieu vous le rendra... Et en attendant voici votre chèque.

Il sort.

Directrice – Alors cette fois c'est bien fini. C'était la dernière séance...

L'inspecteur revient.

Directeur – Inspecteur ? Vous n'avez toujours pas retrouvé le butin...

Inspecteur – Pas encore, mais nous prenons cette affaire très au sérieux, car il semblerait que ces derniers mois, plusieurs théâtres aient fait l'objet de tentatives d'intimidation.

Directeur – De tentatives d'intimidation ?

Directrice – Et si c'était ce gourou de l'Église de Fientologie qui avait aussi empoisonné Jean-Baptiste pour saboter cette représentation, nous pousser à la faillite et nous obliger à vendre ?

Le portable de l'inspecteur sonne et il répond.

Inspecteur – Inspecteur Colombin, j'écoute... Oui... Oui... Très bien, merci... *(Il range son portable)* Martinez vient de retrouver le magot.

Directrice – Mais enfin... comment ?

Inspecteur – Croyez-moi, cette femme a plus de flair qu'un berger allemand...

Directeur – Et moi qui pensais que l'argent n'avait pas d'odeur...

Inspecteur – Mais ce n'est pas le plus surprenant dans cette affaire, croyez-moi !

Directeur – Vraiment ? Et où le voleur avait-il caché son butin ?

L'inspectrice arrive.

Inspectrice – Dans un tiroir à double fond de votre bureau, Monsieur le Directeur.

Directeur – Quoi ?

Inspectrice – Nous vous arrêtons pour dénonciation calomnieuse et tentative d'escroquerie.

Directeur – Je vous assure, Inspecteur, que je ne sais pas du tout qui a caché cet argent là. Je ne savais même pas que ce tiroir avait un double fond.

Inspectrice – Qui d'autre que vous aurait pu faire ça ?

Un temps.

Directrice – D'accord, j'avoue... C'est moi...

Directeur – C'est toi qui as volé la caisse du théâtre ? Mais enfin... pourquoi ?

Directrice – Ce spectacle était voué au naufrage. Rien n'était prêt, tu le sais bien. C'est tout ce que j'ai trouvé pour faire annuler la représentation au dernier moment. Et partir en impro...

Directeur – Je dirais plutôt partir en live...

Inspecteur – Alors si je résume, vous vendez à ces honnêtes gens des billets pour un spectacle qui n'existe pas, et vous volez la recette pour ne pas avoir à le jouer, sans pour autant avoir à rembourser les spectateurs.

Inspectrice – Avouez que c'est quand même assez tordu.

Directeur – Ceci dit, nous n'avons trompé personne, puisque la pièce s'appelait « la représentation est annulée ».

Inspecteur – C'est le propre des plus grands escrocs que d'étaler au grand jour leurs mensonges pour les faire paraître plus vrais.

Directrice – Après tout, le théâtre est une escroquerie. Les spectateurs savent bien que tout ce qui se passe sur scène n'est qu'une illusion, et pourtant, ils ne demandent jamais à être remboursés à la fin.

Le spectateur revient.

Directeur – Si nous sommes des escrocs, en voilà un autre, Inspecteur ! C'est ce tartuffe qui a empoisonné Molière !

Inspecteur – Qu'avez-vous à répondre, Monsieur ?

Spectateur – Je répondrai que si personne ici n'est vraiment ce qu'il est supposé être, vous n'êtes pas non plus le propriétaire de cette salle que vous venez de me vendre...

Directeur – Pas plus que vous n'en êtes véritablement l'acheteur.

Directrice – La bonne nouvelle, c'est que ce théâtre n'est pas vraiment vendu, et qu'il pourra donc continuer à vivre.

Inspectrice – Alors nous aussi, nous sommes des acteurs, Colombin ?

Inspecteur – Absolument, Martinez. Je me demande même si ce ne serait pas vous l'auteur de cette pochade. J'ai vu votre nom sur l'affiche.

Inspectrice – Je m'appelle Ramirez.

Directeur – En tout cas, nous sommes d'accord sur un point. Puisque tout ici est faux, c'est donc une vraie pièce de théâtre ! La représentation a bien eu lieu, et personne ne sera remboursé.

Actrice – Tout est bien qui finit bien. Et c'est le moment du monologue.

L'acteur arrive en fantôme de Molière, un drap sur lui et un seau à la main.

Acteur – Je m'appelle Jean-Baptiste Poquelin, mais vous me connaissez mieux sous le nom de Molière... J'ai consacré ma vie au théâtre, à une époque où il était beaucoup plus risqué qu'aujourd'hui de moquer ses contemporains, surtout les plus puissants. Et d'avantage encore quand ils portaient une soutane. Même si je ne suis pas mort sur scène, comme on a coutume de le dire, j'aurai servi le théâtre jusqu'à mon dernier souffle. C'est au sortir de cette ultime représentation du *Malade Imaginaire* au Théâtre du Palais Royal que j'ai rendu l'âme. Aucun prêtre n'ayant accepté de m'administrer les derniers sacrements, je n'ai pas pu abjurer sur mon lit de mort ma profession de comédien, comme j'aurais dû le faire pour être réintégré in extremis dans la communauté de l'Église. Mais le Roi Louis XIV a eu pitié de moi. Il a intercédé en ma faveur et j'ai pu néanmoins échapper à la fosse commune. Saint Pierre n'aura pas été trop sévère avec moi non plus, puisqu'il m'a accepté en son paradis. *(Un temps)* Justement, le paradis, j'en viens. Et croyez-moi, au paradis, on s'emmerde. Pourquoi pensez-vous qu'Adam et Ève ont saisi la première occasion pour s'évader du paradis terrestre ? La certitude du bonheur éternel, c'est d'un ennui mortel, je vous assure. La vie, ce n'est pas toujours drôle non plus, évidemment. C'est sans doute pour ça que les hommes, après avoir inventé Dieu, ont inventé le théâtre. « Le théâtre c'est la vie, ses moments d'ennuis en moins », dira plus tard Alfred Hitchcock, qui pourtant était un homme de cinéma. C'est pourquoi dès que je le peux, le temps d'une représentation, je m'évade du paradis pour revenir hanter les scènes des théâtres. Continuez à vous battre aujourd'hui pour que la représentation ne soit pas annulée. Pour que les théâtres ne deviennent pas de nouvelles églises. *(Un temps)* Mais maintenant que le spectacle est fini, je dois retourner d'où je viens. Et vous, il vous faut retourner à cette réalité que vous avez laissée momentanément derrière vous en entrant dans cette salle. Le rêve est terminé. Et pour se réveiller, comme promis, rien de mieux qu'un bon seau d'eau sur la tête...

Il lance sur le public le contenu de son seau duquel s'échappe une pluie d'étoiles.

Fin.

Ce texte est protégé par les lois
relatives au droit de propriété intellectuelle.
Toute contrefaçon est passible d'une condamnation
allant jusqu'à 300 000 euros et 3 ans de prison.

Février 2022

www.ingramcontent.com/pod-product-compliance
Lightning Source LLC
La Vergne TN
LVHW050622200726
843508LV00010B/1963